AF139109

Bibliographische Information der Deutschen Nationalbibliothek: Die Deutsche Nationalbibliothek verzeichnet diese
Publikation in der Deutschen Nationalbibliografie; Detail-
lierte bibliografische Daten sind im Internet abrufbar unter
http://dnb.d-nb.de

Bibliographische Information
Herstellung und Verlag:
BoD - Books on Demand, Norderstedt
ISBN 978-3-7322-9394-0

Zweite Auflage 2014
© 2013 Walter Pfaff
Satz, Layout und Umschlaggestaltung: Zoe Carroll
Printed in Germany

Bei einem längeren Aufenthalt in Osaka bemerkte ich, wie sehr der japanische Alltag von Regeln bestimmt wird, die meinen Vorstellungen von Spiel sehr nahe kamen, nämlich von einem kunstvollen Tun, dessen einfache Formen den Teppich bilden, auf dem unser Leben in der Gesellschaft sich abspielt. Das japanische Spielen ist delikat: Es scheint in tausend Facetten auf, kennt nicht Sieg oder Niederlage, ist weder Nachahmung noch Abbild von etwas, es bedeutet nichts, bleibt ohne Inhalt und genügt sich selber wie jedes echte Spiel. Aber die Qualität dieses Spiels, seine Eleganz wie die Beiläufigkeit seiner Durchführung finden sich überall eingeprägt, in den kunstvollsten Darbietungen wie in den unscheinbarsten und alltäglichsten Tätigkeiten, die in ihrer scheinbaren Banalität unserem Begriff von Spiel zu widersprechen scheinen. IM REICH DER SPIELE erzählt so vom Warenhaus, von der Teestube oder dem Love Hotel ebenso wie vom Theater oder dem Museum, und es spricht von der Höflichkeit, von der Präzision, von einigen Gesten und von Masken und Gesichtern, in denen das Spiel sich zeigt ohne sich als Arbeit einfangen zu lassen.

Walter Pfaff, geboren 1949, ist Regisseur und Theatranthropologe. Er inszenierte an Theatern in Europa, den USA und Indien und unterrichtete an zahlreichen Universitäten. Als Direktor des Centre de Travail de Recherches Théâtrales (FR) erforschte er von 1992 bis 2004 die Körpertechniken des Performers interkulturell. 2005 gründete er das MAXIM Theater in Zürich. Zur Zeit leitet Walter Pfaff das Projekt ‚Theaterspielen in der Klinik' an der Psychiatrischen Universitätsklinik in Zürich und ist Dozent an der Zürcher Hochschule der Künste.

Walter Pfaff

IM REICH
DER SPIELE

INHALT

BLINDE VISION

Auf der ersten Fahrt von Tokyo nach Osaka wartete ich auf das Grün der japanischen Landschaft, bis wir längst in den Bahnhof von Osaka eingefahren waren. Inzwischen weiss ich, dass das Häusermeer der Stadt 660 Kilometer lang ist. Doch das Wort „Stadt" mit seiner Idee eines Zentrums ist machtlos gegenüber dieser endlosen Multiplikation stadtähnlicher Knoten, jeder geflochten aus einem Postamt, einem Dutzend Banken und Supermärkten, einem Kulturzentrum, ein paar Hundert Geschäften und Restaurants. Suita ist ein solcher Knoten im Norden von Osaka. Erst der Langsamkeit des Fahrradfahrers wird sich hier später ‚Landschaft' wieder auftun. Sie bricht in die Spekulationszonen der Städte ein und besetzt die Niemandsorte mit kleinen Reisfeldern, wilden Bambushainen und dem Beton abgetrotzten Gärten aus miniaturisiert gezüchtetem Dschungel.

Ohne Zweifel, Frau Anno möchte dass es mir im Appartement 401 im 7. Stock des C-Blocks in Suita gefällt."Von hier haben sie eine schöne Aussicht auf den Meishin-Highway" sagt sie und lächelt. Vor meinen Augen windet sich die schöne Aussicht als eine graue Aluminiumschlange von Schallschutzwänden durch den Betonwald der Häuserblocks. Wie soll ich Frau Anno verstehen? Auf dem Nachhauseweg gestern bin ich eine Strasse zu früh eingebogen und habe meinen 14-stöckigen Wohnblock nicht mehr gefunden. Er war ganz einfach im Wald ähnlicher Blocks untergegangen. „Die Form ist leer", sagt ein berühmtes Zen-Wort. Sind also die entsetzlich hässlichen Erscheinungen vor meinen Augen einfach leer, entgehen sie der Verbindung von Form und Inhalt, liegt hinter ihnen unversehrt und dem Auge entzogen jenes vielbesungene ‚andere Japan‘, als hätte sich das Wesentliche unsichtbar gemacht um seine Kräfte zu sammeln, während die Hässlichkeit vor meinen Augen nur eine Art Falle ist, in der mein Blick seine Ohnmacht lernen soll? Gehört der Bereich des Essentiellen mehr und mehr dem Unsichtbaren an? War das die geheime Lehre von Frau Anno? Oder sollte Marx recht behalten mit seiner Prophetie, dass der Kapitalismus in wenigen Jahren vernichtet was Kulturen in Jahrtausenden aufgebaut haben?

Jedenfalls: Mit dem westlichen Blick ist Japan nicht beizukommen. Deshalb vielleicht wirkt der schöne Augenfilm 'Sans Soleil‘ von Chris Marker im Japan des Jahres 2000 leicht antiquiert. Denn wenn Sehen in Japan nicht die biologische Funktion der Augen meint, dann erzählt uns das Sichtbare zuerst nur von unserem eigenen Blick. "Ich beginne zu sehen" ist unsere Art zu sagen, dass wir zu verstehen beginnen. Um zu verstehen würde ein Japaner vielleicht eher die Augen schliessen. Das Ziel in der Kunst des Bogenschiessens (kyudo) wird blind getroffen. Doch der Reisende hat im Kampf um die Orientierung am Anfang nur seinen Blick. Schnell verwandelt er das Neue in Altbekanntes. Bereits glaubt er, Japan zu sehen. Dabei sieht er nur den eigenen Blick. Verwirrt reproduziert er das Bild, das seine Kultur sich immer schon von Japan gemacht hat.

SEHEN

Von gewaltigen Reklamewänden hoch an Häuserfronten starren harte blaue Augenpaare unablässig hinab in die Schluchten der japanischen Strassen. Es scheint, Japan hat in diesem gläsern starrenden Blick Anziehung und Angst vor dem westlichen Mensch im Reich der Reklame zwischen Himmel und Erde gebannt.

Im japanischen Mythos steigt die Göttin Amaterasu-oomikami vom Himmel auf die Erde. An der Brücke, die den Himmel von der Erde trennt, lauert ihr Sarutahiko auf, ein gewalttätiger Gott mit rotem Gesicht und einer langen Nase, und fordert sie zum Augenduell heraus. Lange starren sich die Götter in die Augen, bis Sarutahiko besiegt zusammenbricht und sich der himmlischen Göttin als Weltenführer andient.

In Japan ist der direkte Blick tabu. Der Blick in die Augen wird bis heute verstanden als ein Akt der Ueberschreitung, der nur einer Gottheit zusteht. In der Metro wird kein Passagier dem anderen direkt in die Augen schauen. Nur mit der Geduld einer lauernden Katze erhasche ich dann und wann einen Seitenblick, der mich neugierig streift. Der direkte Blick würde als extrem unhöflich verstanden und in Ausnahmefällen als eine Aufforderung zum Kampf. Mit unverhüllten Blicken provozieren die jungen Yakuza-Gangster die Passanten und suchen sich Opfer für ihre Aggression.

„Was fühlst du wenn ich dir in die Augen schaue?", frage ich Michiko, meine 23-jährige Uebersetzerin. „Ich schäme mich". „Und wohin schaust du, wenn du mit jemandem sprichst?" „Ich bewege die Augen schnell von oben rechts nach oben links, von der Mitte rechts zur Mitte links und zuletzt von unten rechts nach unten links" sagt sie und macht es mir vor. Ich bin beeindruckt von der gestochenen Klarheit der Bewegung der zwei dunklen Tintenflecken im Weiss ihrer Augen. „Hast du das trainiert?" „Ja" lächelt sie und blickt mir mit einem Mae-West-Aufschlag direkt in die Augen. Ganz schnell nur, dann senkt sie den Blick verschämt.

Das Auge ist hier kein Fenster zur Seele sondern verbunden mit Mächten, die besser nicht geweckt werden. Das Kabuki-Theater bewahrt diese Macht des Blickes in der Technik des *mie*, eines stilisierten eingefrorenen Blickes mit weitaufgerissenen Augen. Die berühmte Ichikawa-Familie führt bis heute im Januar-Kabuki ein rituelles Augenstarren durch, das die Dämonen aus Edo (Tokyo) verjagen soll. Die magische Kunst des Blickes ermächtigt auch Politiker, das zu sehen, was unsichtbar ist. Im alten Japan bestand ein Ritual, in welchem die Herrscher von der Spitze eines Hügels über das Land starrten, um die Feinde zu vertreiben. Heute starren sie in die Linsen der Kameras.

Auf Grund der magischen Kraft des Blickes will das japanische Design das Auge in Bewegung halten, ohne es zu bannen. Das Auge soll weniger schauen als vielmehr lesen, und so tendiert die Kunst mehr zur Schrift als zum Bild, unterwirft das Bild der Schrift. Und beruhigt die Augen mit der steten Wiederholung ähnlicher Muster oder Patterns. Für alles existiert ein Muster: für die Art, ein Haus zu bauen oder einen Kimono herzustellen, für die Grösse der Zimmer, die Form der Schiebetüren oder die Masse der Tatamimatten. „Die Japaner sind schon seit zehn Jahrhunderten modern", stellte der französische Schriftsteller Henri Michaux bereits 1932 fest.

Hinter den ästhetischen existieren die sozialen Muster. Es gibt ein Art zu telefonieren, eine Art, einen Besuch zu machen, eine Art, Tee zu trinken, eine Art, Geld zu schulden und eine Art, eine Lunchbox (bento) einzurichten. Eine Deutsche, die seit Jahren in Osaka lebt, hat mir erzählt, dass ihre Tochter in der Schule Qualen ausstehen musste, weil in ihrer Lunchbox die Pickels nicht die richtige Farbe, der Reis nicht den rechten Platz und das Gemüse nicht die richtige Schnittform hatten.

TASTEN

Im Lebensmittelgeschäft frage ich meine Begleiterin Michiko, ob ich das Gemüse berühren darf. "Wie willst du denn sonst einkaufen?" fragt sie belustigt zurück. Wo das Auge gebunden ist, blüht der Tastsinn. Während die visuellen Formen festen Mustern folgen, liegt der Reichtum der Variationen im Material, in der Textur, in den Oberflächen. Die Konservatorin eines Pariser Museums hatte sich hier im Museum für Ethnologie über die mangelnden Sicherheitsvorkehrungen beklagt. „Wie kann ich einen Gegenstand sehen, wenn er hinter Glas ist?" verteidigte sich der lokale Konservator. Der Käufer einer Schale für die Tee-Zeremonie wird weniger mit den Augen als mit den Händen wählen, - es ist der Tastsinn, der sich in den Kunstgegenstand verliebt. Hinter der Maske ist der Schauspieler im Nô-Theater beinahe blind, er kann weder seine Partner noch die Bühnenrequisiten sehen und bewegt sich nach dem im Gedächtnis fixierten Lageplan aller Dinge. Es sind seine Füsse die sehen und dazu stets am Boden haften. In der japanischen Schwertkunst (bushido) lernt der Schüler, das Sehen von der reinen Augentätigkeit zu trennen, und der Gründer des Butoh-Tanzes Hatsumi Hijikata forderte von seinen Schülern „Augen wie weisse Leinwand, auf welche die Umgebung projiziert wird". Bis heute heisst die Kunst der Sänger und Geschichtenerzähler (jiuta mae) in Osaka die „Kunst des blinden Mannes". Und schliesslich geschieht es, dass erst da, wo sie im Westen die Augen schliessen, die Frauen im japanischen Softporno die Augen öffnen.

HÖREN

Wo der Augenkontakt tabuisiert ist, wird die soziale Verbindung über die Ohren hergestellt. So liegt unter der Oberfläche des sichtbaren Osaka eine Stadt des Hörens verborgen. Jedes Segment des öffentlichen Raumes wird durch Myriaden von versteckten Lautsprechern mit Stimmen ohne Gesicht und Namen gefüllt. Stimmkonserven in Warenhäusern und Bahnstationen, auf Rolltreppen und Parkbänken, in Lifts und Toiletten, beim Schnaps wie beim Tee. Kein Ort, an dem sie mich nicht begrüssen oder verabschieden, vor dem Ende der Rolltreppe warnen oder am Automaten umwerben, im Zug informieren oder an der Schranke abschrecken, sich für das Abheben von Geld bedanken, mich zum Kauf auffordern oder beim Telefonieren die gewählte Nummer flüstern. Endlose Kette von Begrüssungen, tausendfache Verabschiedungen. Ich bewege mich in einer Wolke von elektronischen Stimmen, erkenne alte Stimmen wieder und höre neue, erliege der Attraktion einer Stimme, kaufe bei einer Stimme, verzweifle bei einer Stimme, verliebe mich in eine Stimme, hasse eine Stimme. Bis in den Traum hinein bin ich diesen Stimmen ausgeliefert: „Es ist zehn Uhr. Haben Sie die Gasflammen abgedreht? Wir wünschen allen Mietern eine gute Nacht."

Die Sonderstellung des Hörens hat in Japan zu einer aussergewöhnlichen Stimmkultur geführt. Bereits im Alltag gebrauchen JapanerInnen eine ganze Palette verschiedener Möglichkeiten ihrer Stimme, die je nach Spielsituation eingesetzt werden: eine Stimme zum Telefonieren, eine Stimme zum Gespräch mit Vorgesetzten, eine Stimme für die besten Freunde, eine Stimme für den Eros. „Man muss den überwältigenden Reichtum an Möglichkeiten der menschlichen Stimme im japanischen Theater erfahren haben", sagt der in Kobe lehrende Musikprofessor Sylvain Guignard, "um zu erkennen, wie sehr die Idee des Belcanto in Europa die Stimme auf eine einzige Möglichkeit reduziert, ja ruiniert hat."

In meinem koreanischen Restaurant an der Ecke ist die Belegschaft trainiert, jeden Gast unisono mit einem rhythmisierten Hurrahgeschrei zu empfangen und im Chor mit einer gebrüllten Floskel zu verabschieden. Jedesmal zucke ich erschreckt von meinem Essen auf.

SCHMECKEN: LE CROISSANT

Ich lebe seit Jahren im Burgund, aber den besten Croissant ausserhalb von Paris habe ich im Café Mabu im 7. Stock des Takashimaya-Kaufhauses mit Blick auf den Yodogawa-Fluss und unter einem Originalabzug der Fotografie 'Le Baiser' von Robert Doisneau gegessen. Wenn die Japaner etwas kopieren, dann verbessern sie meist das Original, wie mit den Autos und Fotoapparaten, so mit dem Croissant. Das hat mit der Liebe der Japaner zur Präzision zu tun. Diese ist nicht anerzogen wie bei uns, wo die Weite der Natur einen gröberen Gesellschaftskörper schafft, sondern sie ist das direkte Resultat des Zusammenlebens auf engstem Raum, das Genauigkeit im Umgang und Aufmerksamkeit fürs Detail schafft. (Auf begrenztem Raum müssen die Dinge auch kleiner werden, und nicht zufällig ist Japan Meister in der Miniaturisierung: Gestern der kleinste Fernseher, heute das kleinste Handy: 3cm lang, 4,1mm dick). Ich habe nach-gefragt: Die Butter für den Croissant stammt aus der Bre-tagne, das Mehl aus Metz. Die hauchzarte Form gleicht in Schwung und Eleganz der berühmten ‚Welle‘ von Hokusai, ist im Inneren feucht und aussen knusprig und zart zugleich. Wie gerne würde ich der Bäckersfrau in meinem französi-schen Dorf ein Exemplar mitbringen.

A propos Präzision: Vor drei Wochen hat mich eine befreundete Professorin der Nara University auf eine Nô-Theater-Aufführung der Komparu-Schule aufmerksam gemacht. Heute, drei Tage vor der Aufführung erhalte ich per Post einen Umschlag mit 1. einem Empfehlungsschreiben an den Shite der Truppe; 2. einen Brief mit den Namen von zwei Studentinnen, die für mich übersetzen werden; 3. eine Planskizze für das Rendez-vous mit den Mädchen; 4. eine Liste mit wichtige Handy-Nummern für den Notfall; 5. eine Planskizze des Aufführungsortes; 6. eine Aufzeichung der Bahnverbindungen zum Theater; 7. das Programmheft der Aufführung; 8. eine kurze Notiz über die Geschichte der Komparu-Familie und 9. eine Liste weiterer Nô-Aufführungen in diesem Monat. Ich muss anfügen: Die besagte Person ist Direktorin eines grossen Departements der Universität von Nara und ausserordentlich beschäftig.

FEST DER SINNE

Es gibt Soziologen, die in der japanischen Gegenwart die zum Zerreisspunkt gespannte Konfrontation von Tradition und Moderne sehen, wobei Tradition gern mit der Farbe des Obsoleten, Moderne mit dem Glanzlack einer nach amerikanischem Modell geschnittenen Zukunft gemalt wird. Mir hingegen fällt auf, wie listig sich hier die lebendige Tradition in den Spielformen des modernen Lebens einzunisten weiss und ihnen oft erst Gehalt gibt.

HANKYU

Es war stets eine besondere Herausforderung an Sprache, jene Ereignisse zu fassen, in denen alle unsere Sinne in einem einzigen grossartigen Spektakel zusammenfliessen, um gemeinsam die ruhige Gewissheit der Vernunft für einen Augenblick ins Taumeln zu bringen. Und auch mich begleitet das Gefühl einer beständigen Exaltation, seit mich das Hankyu-Depaato verschluckt hat, eines dieser gigantischen Warenhäuser, die wie illuminierte Raumstationen im Herzen der japanischen Metropolen schweben und die Menschen in sich hineinsaugen, um sie in ihren glitzernden Welten in willenlose Wesen zu verwandeln, in deren Gesichtern stets ein auf den Lippen eingefrorener Ausruf des Entzückens steht.

Hankyu: der Name der berühmten Warenhauskette ist ein Mythos geworden, der über das moderne japanische Leben gebietet. Denn Hankyu ist ein Imperium, das neben Sport-clubs und Stadien, Hotelketten, Freizeitparks, Zoos und Revuetheatern vor allem auch den wichtigsten priva-ten Bahnlinien im Verkehrsnetz der grossen Städte seinen Namen gibt, und so liegen die grossen Umsteigebahnhöfe oft mitten in einem Warenhaus. Wer aus den unterirdischen Gängen der U-Bahn einen Ausgang zur Strasse sucht, wird von der Götterhand des Managements erst, wie einst Odys-seus von widrigen Winden, gnadenlos durch die Labyrinthe der Rayons, Stände und Auslagen gejagt, bis er endlich aus dem glitzernden Paradies der Waren in die brüllende Realität der Strasse entlassen wird.

Das Schauspiel (re-enactment) der Vergangenheit wird in tausendfachen Varianten tagtäglich in den Schluchten der

Hankyu-Kaufhäuser dargeboten. Dabei zerfallen diese Stockwerk über Stockwerk bis zum Rand mit Waren angefüllten Paläste, durch die wir als andächtige Besucher wandeln, wieder in lauter kleine *mura*, in Dörfer mit ihren Märkten und Ständen, wo der als Bauer verkleidete Verkäufer mit lauter Stimme die Produkte anpreist, die er scheinbar selbst erzeugt hat. Denn jede der zahllosen Abteilungen setzt sich zusammen aus unzähligen kleinen Ständen, an denen auf Show gedrillte Tenin's oder Verkäufer die vorbeiziehende Schar der Käufer mit lauten Ausrufen anlocken wie auf einem orientalischen Bazaar.

Ich habe weiss Gott Warenhäuser nie gemocht, doch hier freue ich mich auf eine Expedition in diese künstlichen Paradiese mit ihren eingebauten Dörfern wie auf eine abenteurliche Reise. Und mit mir abertausende von JapanerInnen, für die der sonntägliche Streifzug durch die glitzernden Landschaften der Waren eine verlockende und kostenlose Form des Vergnügens darstellt, eine Art Disneyland, nur dass die Inszenierung perfekter, der Einsatz der Spieler existentieller, die Formen raffinierter und die Möglichkeiten der Identifikation und des Mitspielens unbegrenzt sind.

Es ist nicht nur das Vergnügen des Schauens und die Erregung der Sinne durch Gerüche und Klänge, die den uferlos Dahintreibenden mehr und mehr zum Mitspieler machen im gemeinsamen Drama von Begrüssungen und Verbeugungen, von Verführung und Widerstand, von Blicken und Berührungen. Es ist die Metaphysik des Kaufaktes selbst, die aus der Vielheit der Individuen die Seele des grossen Ensembles schafft. Mit dem Zusammenbrechen der Luftblasen-Ökonomie ist der Akt des Kaufens zum Ausnahmefall geworden, zur letzten Erfüllung am Ende einer langen Reise, wie die luftige Auflösung des dramatischen Knotens im letzten Akt einer Shakespeare'schen Komödie. Um diese geheimnisvolle Entladung im Akt des Kaufes wissen Käufer wie Verkäufer, und so wird er zu einem ausführlich zelebrierten Spiel zwischen gleichwertigen Partnern, wird persönlich und rituell zugleich, begleitet von im Singsang vorgetragenen Formeln, die dem Akt das Gepräge einer bleibenden Beziehung verleihen.

Die Apotheose des Hankyu-Kaufhauses aber liegt ohne Zweifel tief unten im Keller, in der Lebensmittelabteilung. Sie vereint in einer geballten Attacke auf die Sinne alles, was man sich an kulinarischer Ausschweifung wünschen kann. Wie von gespannter Sehne schnellt hier der Pfeil der Gier, zum zierlichen Essstäbchen gedrechselt, ins Herz der Erwartung; wird die vom Geist diskriminierte Gaumenfreude wieder geadelt zur verfeinerten, die Sinne wie in einem Brennglas zusammenfassenden Metapher für das Leben und die Zurschaustellung der Gegenstände ihrer Befriedigung gleichsam zur bildlichen Apotheose der Schöpferkraft. Es ist als bildete diese gleichzeitig überschwengliche und in seiner Vollständigkeit beinahe gewalttätige Ausbreitung allen Ess- und Trinkbaren das genaue Gegenstück zur raffinierten Askese der Architektur und Gärten der Zen-Tempel und ihrer auf die sinnliche Erfahrung der Leere ausgerichteten Abstraktion von Welt. Denn auch hier, inmitten dieses Marktes der Genüsse, ist eine komplexe Operation der Reduzierung am Werk.

So ist zum Beispiel die wichtige Fischabteilung inszeniert, als stünden wir am Meer, nur wäre das Wasser abgelassen und alles, was dadurch an Kreatur ans Licht käme, wie von Künstlerhand in seine wahre, nämlich essbare Gestalt gebracht: zu winzigen Skulpturen geschnitten, malerisch in Bottichen, Körben, Schalen und Tellern arrangiert, kalligraphisch mit Namen versehen und mit zierlich geschnittenen Algenblättern oder farbigen Blüten geschmückt, die ebenso mit der Natur des Fisches wie mit der Jahreszeit korrespondieren und in einer umfassenden symbolischen Ordnung den toten Körper des Fisches in einem zweiten Leben auf der Bühne des Kaufhauses wieder auferstehen lassen.

In Trance getrieben von den wilden Rufen der Verkäufer, die eine gelungene Mimesis an die Rufe der Fischer beim Einziehen des Netzes betreiben, erjagt der Käufer am Ende seine Beute. Roh oder gekocht, eingelegt in Essig oder Sake oder Misu oder Bier, oder getrocknet oder gebraten oder auf Reis oder eingewickelt in Blätter oder Walfischfett, ersteht er sie in der Gewissheit, dass in seinem Kaufakt kraft des Rituellen die Essenz der Jagd enthalten ist. Und diese Gewissheit wirkt zurück auf die Sinne und verbindet den Gaumen mit der schnuppernden Nase, die Nase mit dem scharfen Auge, das Auge mit dem wachsamen Ohr und das Ohr mit der kundigen Hand, die berührt und abwägt und entscheidet, ob die Korrespondenz zwischen Fisch und Käufer stimmt an diesem speziellen Tag im elften Jahr von Heisei, im Zeichen des Hasen.

Der zweite Akt dieser metaphysischen Operation findet in der Küche statt. Doch davon später. Wenden wir uns von der schimmernden Welt Hankyu's hinab zu den düsteren Schluchten von Taishi.

TAISHU-ENGEI-GEKIJO

Im Süden Osakas, unterhalb von Namba, in einem Quartier das Taishi heisst, liegt südlich der U-Bahnstation Dobutsuenmae ein Viertel, - heute das Viertel der Heimatlosen, der Taglöhner, Gelegenheitsarbeiter und der Trinker-, in dem einst, und noch vor fünfzig Jahren, in einer langen überdachten Arkade, die zwei Häuserzeilen wie zu einem intimen Innenraum verband, in dem sich Theater, Cabarets und Varietés drängten, die Unterhaltungskünstler von Osaka wohnten.

Die Unterhaltungskünstler sind längst Richtung Norden und Umeda zum Fernsehen auf-, oder Richtung Süden in das Bordellviertel abgestiegen, und ausser den literarischen Reminiszenzen, etwa im Werk von Tanazaki ('Some prefer nettles'), ist nichts geblieben, ausser....ja, ausser einem Theater, dem OS Gekii Jo. In diesem Theater habe ich etwas gefunden, von dem ich über viele Jahre vergessen hatte, dass es existieren kann: das Theater als eine Bedürfnisanstalt. Ach, wie das Niedere doch so viel höher stehen kann als das vermeintlich Hohe! Ja, hier war ein Theater das gebraucht wurde, ein Theater wo diejenigen auf der einen Seite, der Bühne, und diejenigen auf der anderen Seite, dem Zuschauerraum, genau wussten, was sie voneinander wollten, was sie brauchten und was sie geben konnten, und wo sie das gegenseitig auch bekamen. In diesem Theater war ein Hunger spürbar, ein Hunger nach Wärme, nach Trost, nach Unterhaltung, nach Liebe, nach Berührung, nach Zusammensein, ein unglaublicher Hunger der Seelen, der dem realen Hunger ebenbürtig war, der in diesem Armenviertel Osakas, wo die Menschen auf den Strassen leben und sterben, mit den Händen greifbar ist; und in diesem Theater wurde dieser Hunger befriedigt, wie ein Gasthaus den Hunger der Gäste befriedigt. Ein Theater das dem Hunger Brot gab. Ein brauchbares Theater.

Taisku-Engei-Gekijo ist eine heute fast verschwundene traditionelle Volkstheaterform von Osaka, die Theater und Varieté mischt: Lose verknüpfte Lieder, Tänze und Fechtszenen umrahmen die Aufführung einer Theaterkomödie (jeden Abend eine andere), die das Kernstück des etwa dreistündigen Programmes bildet. Den Höhepunkt bilden die Cross-Dressing-Auftritte, wo die Kunst eines Spielers sich daran zeigt, wie er verschiedene Typen von Frauen so verkörpern kann, dass man sein Herz an sie verliert. Denn darauf, dass das geschieht, beruht die Ökonomie der ganzen Unternehmung.

Die grosse Eigenheit von Taishu Engeki besteht in dem speziellen Verhältnis, das die Spieler zu ihrem Publikum herstellen - fast alles alte Leute, welche die Kälte draussen hier im geheizten Theaterraum zusammengetrieben hat, dazwischen ein paar junge Arbeitslose mit tätowierten Armen und Bierflaschen, und auf den besseren Tatamiplätzen mit den Schauspielern befreundete Huren, die sich die Zeit vor der Arbeit vertreiben. Jeder Schauspieler hat unter ihnen seine Fans und prospektiven heimlichen Liebhaber, und diese drücken ihre Zuneigung dadurch aus, dass sie auf die Bühne kommen und ihrem Idol einen Umschlag mit Geld in eine spezielle Falte des Kostüms stecken. Um dazu zu animieren, verlassen die Spieler immer wieder die Bühne und kommen hinunter in den hellen Zuschauerraum, um die intime Nähe zu ihrem Publikum herzustellen und die Geste des Geldgebens zu erleichtern. Der Star des Abends und meist auch Direktor der Truppe gibt, singend, jedem Zuschauer die Hand. Zum Schluss des Abends bringen die Fans die

Geschenke auf die Bühne, die sie den Spielern mitgebracht haben: ein Paket Bierflaschen, einen Sack Reis, einen Karton Kaki-Früchte. Im Glücksfall – der früher recht häufig war - wird ein vermögender Zuschauer das Patronat für die Ausbildung eines talentierten oder hübschen jungen Schauspielers oder einer bezaubernden Schauspielerin übernehmen.

Nun, es sei gleich gesagt, in all dem steckt ein Handwerk und Können und eine professionelle Präzision, die wie in anderen Traditionen und Künstlerfamilien von den Meistern an ihre Schüler weitergereicht werden. Von den vierhundert Stücken, die eine Taishuu-Truppe im Durchschnitt präsent hat, habe ich jenes gesehen, in dem ein Bettler von einer reichen Dame als ihr Sohn erkannt wird, in ihr elegantes Haus kommt, alles falsch macht und am Schluss heilfroh ist, wieder in die Vertrautheit seines Vagabundenlebens unter der Brücke zu entfliehen. Das Publikum hat Tränen gelacht. Ich habe die Truppe der zweiten Generation von Himekawa Ryonosuke gesehen, und als japanischer Arlechino reichte Himekawa Ryonosuke dem italienischen von Feruccio Soleri ganz sicher das Wasser. Als Clown hat er die Zuschauer zum Tränenlachen gebracht wie mich einst Grock im Zirkus Knie. Und in den Kimono seiner Geisha, später im Programm, hätte ich gerne mit schlagendem Herzen meinen Geldschein gesteckt, hätte mir nur nicht der Mut gefehlt, auch die Lächerlichkeit der Geste zu ertragen.

Denn, das sei gleich gesagt, als neugieriger Ausländer, als gajin war ich nicht gern gesehen dort, wo die Ärmsten und Ausgestossenen der japanischen Gesellschaft ihr kleines gasgeheiztes Refugium der höheren Gefühle haben. Von jedem Sitz, auf dem ich mit meinen breiten Schultern und ausladenden Haaren den in die Plastiksessel eingesunkenen

Alten die Sicht versperrte, hat man mich vertrieben, bis ich in der allerletzten Reihe vergessen und in Ruhe gelassen wurde. Dafür war gleich hinter mir der Ausschank. Ich kann nur sagen, herrlich, im warmen Theater zu trinken und zu rauchen.

LOVE HOTEL

In Japan ist bekanntlich nichts sexualisiert ausser der Sex. Da der Blick tabuisiert ist, beginnt der Eros früh mit Berührung, ohne dass damit Schamgrenzen überschritten sind. Aber da selbst harmlose Berührungen wie Händehalten in der Oeffentlichkeit den Anstand verletzen und die meisten Japanerinnen und Japaner zuhause in einem Raum mit mehreren Angehörigen zusammen wohnen, gibt es in jedem Stadtteil zahlreiche sogenannte Love Hotels, in denen Paare stundenweise und anonym Zimmer mieten können.

Michiko verliess das Museum zur gleichen Zeit durch eine andere Türe. Ich sah sie auf dem Weg zur Monorail-Station am Eingang zum Park und sprach sie an. Es regnete, sie hatte einen dünnen grauen Mantel und einen roten Regenschirm. Auf dem gemeinsamen Weg zur Station radebrechten wir auf japanisch und englisch. Mehr auf englisch. Sie fuhr nach Osten nach Minami Senri, ich nach Westen nach Senri-Chuo wo ich einkaufen wollte. Mein Zug kam als erster, und als er anfuhr setzte sie sich plötzlich, lachend, neben mich. 'I want to come with you'. Wir stiegen aus in Senri-Chuo und gingen zu Hankyu. Ich lud sie ins Cafe im zweiten Stock ein. Sie war jung, sehr jung, und sprach mich mit Professor an. Mir war diese Distanz ganz recht.

Ich hatte sie dann drei- oder viermal zum Essen und einmal ins Puppentheater eingeladen. Sie hat mir die Japanese Lady vorgespielt, so wie ihre Mutter sich das wohl vorstellte. Ihre ziselierten Handbewegungen, die Flötentöne ihrer Stimme und ihr hüpfendes Lachen hinter vorgehaltener Hand waren mir zum Inbegriff mädchenhafter japanischer

Lebensart geworden. Ihr blosser Augenaufschlag versetze mich in fröhliche Erwartung. Zum Schluss muss sie mich wohl wirklich bedauert haben, so viel Geld weggeworfen für nichts, und da sie wusste, wie sehr ich Geschichten liebe hat sie mich mit ihrer Erzählung aus den Love Hotels belohnt.

Du bist so langsam, sagte sie. Im Love Hotel ist keine Zeit zu reden. Du zahlst 5000 Yen und hast dafür eine Stunde. Mit dem Feuerzeug prüfst du, ob sich keine Kamera hinter dem Spiegel versteckt. Er zieht sich aus, du ziehst dich aus. Das Bett ist meist rosa.

Wer zahlt?
Immer er.

Was tut ihr vorher?
Wir gehen ins Kino oder zu Karaoke.

Wie oft gehst du ins Love Hotel?
Zweimal pro Monat.

Wechselst du den Partner oft?
Mein Geheimnis.

Hast du mehrere Partner nebeneinander?
Ja, vielleicht zwei bis drei.

Und deine Partner, haben sie mehrere Mädchen?
(Sie lacht) Maybe not – vielleicht nicht.

Wie lernst du deine Partner kennen?
Meist durch meine Freunde.

Wie verhütet ihr?
Er benützt Plastik. Die seriösen Jungs zwei übereinander.

Und wieviel Plastik braucht ihr in einer Stunde?
Etwa sechs. (Sie lacht).

Tun deine Freundinnen das gleiche?
Ja, die meisten. Bis sie verheiratet sind.

Und wissen die Eltern davon?
Bist du verrückt! Auf keinen Fall!

Gehst du gern in ein Love-Hotel?
Nein. Oft gibt es Streit danach. Man hat keine Zeit. Schnell
Ausziehen und schnell wieder Anziehen und raus.

Während sie spricht, schaut sie keine einziges Mal von ihrem
Weinglas auf.

MASKE UND GESICHT

Die berühmtesten japanischen Masken sind ohne Zweifel die Masken des Nô. Das japanische Wort für Maske ist *kamen*. Die Nô-Spieler aber nennen ihre Masken *omote*. Das heisst wörtlich 'aussen'. Auf die Anatomie bezogen müsste es entsprechend einen Gegenbegriff geben, der 'innen' bedeutet. Dieser aber fehlt hier. Omote bezieht sich also auf eine Maske, die als ein reines Aussen verstanden wird, dem kein 'Innen' entspricht.

Es gibt ein eindrückliches Foto, das Hisao Kanze zeigt, wie er eine ko-omote-Maske vor sich hält und sie betrachtet. Diese Fotografie illustriert eine ganze Literatur über jenen entscheidenden Moment, da der Nô-Spieler die Maske seiner Spielfigur mit einem Blick in sich aufnimmt, bevor er sie aufsetzt. In dieser Begegnung von Maske und Gesicht geht es stets um die Frage einer metaphysischen Vereinigung, um das Ineinanderfliessen von Identitäten, um einen ursprünglichen Animismus. Wie der Bogenschütze im Zen mit geschlossenen Augen eins wird mit seinem Ziel, so wird der erfahrene Nô-Spieler in diesem Augenblick eins mit seiner Maske.

Ich war gekommen um diesen besonderen Moment zu sehen, da Komparu, der Chef (iemoto) und erste Schauspieler (shite) des Hauses Komparu, sich die Maske aufsetzt. In der Garderobe (mirror room) des Theaters stand alles bereitet: Die Maske und der Spiegel auf einem kleinen Holztischchen und davor der Shite Komparu im prächtigen Kostüm. Er lachte über meine tiefe Verbeugung und meinen Versuch, mich in der japanischen Art zu setzen: "Lassen sie die Verbeugung, sie ist zu schwierig für sie. Und sitzen Sie bitte bequem. Die japanische Art liegt Ihnen nicht." Dann stellte er mir die Test-Frage: "Weshalb haben die Schauspieler begonnen, ohne Maske zu spielen?" Meine Antwort, ich habe sie vergessen, gefiel ihm sichtlich nicht. Seine Antwort war kurz: "Weil es bequemer ist, den Ausdruck des Gesichtes zu gebrauchen." Er lachte.

Fast hätte ich den Moment nicht bemerkt, da er die Maske aufgesetzt hatte. Seine Aufmerksamkeit war jetzt geteilt zwischen dem Spiegel auf seiner linken und dem schwarzen Vorhang zum Auftritt auf seiner rechten Seite, hinter dem die Aufführung bereits begonnen hatte. So sah ich ihn mit der aufgesetzten Maske im Profil. Er adjustierte die Winkel der Neigungen des Kopfes, während zwei Helfer ein letztes Mal seine Haare richteten. Das Spiel der Nô-Maske wird durch die Stellungen des Kopfes animiert: nach unten geneigt erscheint sie traurig, nach oben geneigt, glücklich. Plötzlich wandte er sich in einer knappen Drehung von mir weg, stand einen Moment im dunklen Durchgang und war aufgetreten.

"Weil es bequem ist, den Ausdruck des Gesichtes zu gebrauchen": Ein Stück ohne Maske zu spielen hiess für Komparu, die Figur entsprechend ihrem Charakter mit Hilfe der eigenen Physiognomie zu verkörpern. Das zu spielen schien ihm leicht oder eben bequem. Aber für einen Meister des Nô musste der Ausdruck der Gefühle erreicht werden, ohne während der Aufführung den Gesichtsausdruck auch nur im kleinsten zu verändern. Ohne Maske, sagte Komparu, entsteht im Spieler ein Gefühl der Leichtigkeit. Diesem muss der Spieler begegnen mit einem unbewegten Gesicht. Denn es sei nach Zeami gerade die hohe Anforderung, eine unbelebte Maske zu beleben, welche die Blüte (hana) des Nô erzeuge.

Dem Bedecken und Verstecken des Gesichtes entspricht im Nô eine Auslöschung der Existenz des Schauspielers als Individuum. Während im Bunraku das Gesicht des Spielers, der den Oberkörper der Puppe bedient, sichtbar ist, bleibt der Körper der Spieler im Nô versteckt, wie aufgelöst im reichen Kostüm. Der Nô-Spieler hängt ganz von der Maske ab. Sie ist es, die ihn zu dem angestrebten Zustand der Leere des Bewusstseins (mindlessness) führt, während er gleichzeitig mit ihr kämpft und seine Energien gegen sie anwirft. Während der Aufführung sind der Schauspieler und die Maske in einer beständigen Konfrontation, in einem andauernden Kampf begriffen, sich gegenseitig zu unterwerfen, um gemeinsam ein Kunstwerk zu schaffen. So wird die Maske zu einem gleichberechtigten Partner bei der Aufgabe des Spielers, ein echtes Nô zu kreieren.

Und so heisst in Japan das ausdruckslose Gesicht des guten Pokerspielers 'Das Gesicht-der-Nô-Maske'.

11 HEISEI 10.3.

Die schwüle Sommerhitze ist an diesem dritten Tag im zehnten Monat des elften Jahres des Kaisers Heiseian mit einem Schlag einem kühlen Herbsthimmel gewichen. Es ist der Tag, an dem die japanische Regierung mitteilt, dass die unkontrollierte nukleare Kettenreaktion im Kernreaktor von Tokaimura gestoppt sei. Kein Unfall übrigens, der meine japanischen Kollegen hier am Nationalen Museum für Ethnologie in Aufregung bringen kann. Eine anpassungswillige Presse wiegt sie in Sicherheit. So bleibt es den ausländischen Kollegen überlassen, die Köpfe wie in einer Verschwörung zusammenzustecken und besorgt Nachrichten aus dem Internet zu sammeln. Wenigstens haben die Zeitungen am Tag des Unfalls die Schulen und Kindergärten, die sich nur 350 Meter vom Reaktor entfernt befinden, angewiesen, die Fenster geschlossen zu halten. Chris Marker hat Japan als einen Punkt des "äussersten Überlebens" bezeichnet. Etwas davon spüre ich angesichts der nuklearen Katastrophe. Wohin wollte man eine Stadt mit zwanzig Millionen Einwohnern wie Tokyo auf dieser dichtbevölkerten Insel evakuieren? Bereits an einem normalen Tag verkehren die Shinkansen-Superschnellzüge zwischen Tokyo und dem sechshundert Kilometer entfernten Osaka im Vierzehn-Minuten-Takt und sind voll ausgelastet.

Und gerade heute fühle ich mich auf den Strassen Osakas wieder wie ein Schauspieler, der vor den Augen von tausenden Zuschauern ohne Text und Kostüm mitten in einem ebenso grossartig wie unerbittlich sich vollziehenden Drama steht. Das Alltagsleben erscheint mir in seinem ununterbrochenen Fluss von Körpern auf kleinstem Raum und in seinen eleganten gestischen Abstimmungen gleichsam als ein totales öffentliches Schauspiel. Es ist kein Spiel auf einer Bühne, die Spieler und Zuschauer trennt. Jeder ist unablässig in den Mahlstrom des Geschehens mit hineingerissen. Der gesamte Raum der Stadt, horizontal und vertikal von den höchsten Etagen der Wolkenkratzer bis in die tief in Erde gegrabenen unterirdischen Arkaden, ist verwandelt in einen Schauraum, gleich einer gewaltigen Bühne, wenn es denn einen Raum gegenüber gäbe, von wo planetarische Bewohner oder ein Gott mit scharfem Auge dem seltsam tänzerischen Treiben folgen könnten. Ein feiner Rhythmus hält die ununterbrochen pulsierende Bewegung des Ganzen aufrecht. Nur kein Stocken, nur kein plötzliches Innehalten, nur keine unvorhersehbare Beschleunigung, nur kein unberechenbares Taumeln – sie würden sogleich zu einer Kette von Zusammenstössen führen. Und jeder dieser Körper, die sich mit traumwandlerischer Sicherheit durch das Labyrinth bewegen, scheint diese komplexen Gesetze der Fortbewegung als eine Art zweiter Natur zu beherrschen wie ein trainierter Tänzer sein Instrument.

In diesem fein gestalteten Raum werde ich bereits von weitem als Fremdköper gesichtet und als Problem registriert. Wo immer ich auftrete, spaltet sich der Strom der Menschen und umfliesst mich wie einen grossen Felsblock, da jeder ahnt, dass meine sperrige Unbeweglichkeit den schönen Reigen jederzeit zu brechen droht. So treibe ich im Fluss des Alltagslebens wie ein leckes Boot, und das Leben nimmt mich wahr, nur um mich zu vermeiden. Denn die Landessprache der Körper gerät an mir in Gefahr. Meine Glieder sprechen nicht, sie brüllen und schreien und gefährden die Harmonie, und meine scharfe laute Stimme zerreisst das Perlenband der Floskeln. Und so hat der klobige weisse Mann zu seiner grossen Verblüffung plötzlich das Gefühl, körperlos zu sein, wie Luft. Man schaut durch ihn hindurch, als wäre er nicht da, wäre kein Mensch aus Fleisch und Blut. Und wer ihn schlecht vermeiden kann, packt ihn ein in eine Hülle aus Entschuldigungen und Lächeln.

Doch hier beginnt das Wunderliche: Mehr und mehr ergreift mich darob eine Art schleichender Verzückung, gerade als würde ich in einem grandiosen Orchester das seltene Instrument spielen, das im aufbrausenden Klang die Stille der Pause als seine Stimme hat, oder als wäre ich in einem raffinierten Ballett der unsichtbare Tänzer, der den leeren Raum erst sichtbar macht. Was ich über die Essenz und Metaphorik der japanische Kunst gelesen habe nehme ich plötzlich wahr als das heimliche Gesetz eines Alltags, der das ungewöhnlichste aller Kunstwerke schafft, nämlich jene Orgel, deren Klang, wie Ludwig Hohl träumte, immer grössere und mächtigere Orgelklänge hervorbringt.

Und ich bin hier nicht der Hobel, wie ich dachte, sondern das Stück Holz, das gehobelt wird. Und gehobelt werden tut mir gut. Das ist wohl die asiatische Ansteckung. Ich spüre mich neu in dem, was ich bin: ein grober Klotz. Der Hobel ist für mich eine Schule der Relativierung: Ich werde gehobelt, ich bekomme eine feinere Form, ich werde ein schönerer Mensch. Aus einer neuen Sicht, von der Kunst des Alltags her spüre ich das feine Sandpapier, das meine Gestalt schleift und schmirgelt und geschmeidiger, beinahe elegant macht. Schön nicht für mich selbst und nicht für eine Kamera: schön im Umgang mit den Anderen - sozial schön. Das ist die Wirkung des japanischen Alltags.

Ich hatte meine Tasche beim Coiffeur vergessen und ging zurück. Bevor ich etwas sagen konnte, streckte man sie mir entgegen, und die gesamte Belegschaft entschuldigte sich unter tiefen Verbeugungen für die Unannehmlichkeit, die sie mir durch ihr Versäumnis, mich rechtzeitig auf meine Vergesslichkeit aufmerksam zu machen, bereitet hatten. Diese Kunst des Gefallens kann ich noch kaum fassen. Ich erhalte nicht nur jederzeit und überall, vom Postamt über das Restaurant bis zum Taxifahrer, eine grossartige und perfekte Bedienung, sondern auch eine Bedienung mit einem aufrichtigen Lächeln. Diese strahlende Freundlichkeit schrieb ich am Anfang eitel dem Zauber meiner Persönlichkeit zu, doch nichts war verkehrter. Roland Barthes hatte hübsch formuliert, dass in Japan «Religion ganz einfach durch Höflichkeit ersetzt wurde." Doch diese Kunst des Gefallens ist nicht Religion, sondern entstammt den traditionellen und kodifizierten Techniken der Service-Berufe. Dass es diese Kunst nicht als Ausnahme, sondern als Regel gibt, grenzt an ein Wunder.

Am Volant mag der Japaner ein Rowdie sein wie seine westlichen Artgenossen des homo motoris. Aber bei einer Kollision setzt sofort das traditionelle Verhalten ein: Die verbeulten Türen öffnen sich, und zwei höfliche lächelnde Fahrer verbeugen sich als erstes voreinander.

Ich aber habe heute wieder einmal die Nerven verloren, und das spricht eindeutig gegen mich. Der Japaner lächelt, wenn ihm die Subway vor der Nase die Türe zuschlägt. Das ist sein Beitrag an die Harmonie des Ganzen. Doch ich schaffe es nicht. Mein Taxifahrer ist nach umgerechnet fünfzig Franken auf dem Zähler beinahe wieder am Ausgangspunkt vorbeigefahren. Ich habe in meinem schlechten Japanisch aufgeschrien. Er hat wie gelähmt mitten auf der Strasse angehalten, mich angelächelt und den Zähler auf Null gestellt. Daher kommt der schlechte Ruf der ungehobelten gajin. Ich bin kurz danach beschämt ausgestiegen und habe prompt zum zweiten Mal im Wald ähnlicher Bauten meinen 14-stöckigen Wohnblock nicht wiedergefunden. Der mit der schönen Aussicht auf den Meishin-Highway.

YUJI
TAKAHASHI

Die Sitzung im Direktionszimmer des Museums war auf 14 Uhr angesetzt. Was jetzt einsetzte war die Kunst des guten Produzenten. Der Lieblingsspruch meiner Mitarbeiterin Nanako lautete: „I am an excellent producer. I know how to treat people and where to take them." Das heisst, die für einen Produzenten unabdingbaren Fähigkeiten wie Organisations-, Netzwerk- und Finanzierungstalent wurden stillschweigend vorausgesetzt, aber das Vermögen, welches den Unterschied zwischen guten und sehr guten Produzenten machte, war die Fähigkeit, einen Vertragspartner auf einer Ebene zu verpflichten, auf der er fortan sein Bestes zu geben hatte. Und das geschieht über die Fähigkeit ‚to treat people'. So gilt als wichtigste Qualität eines japanischen Topmanagers nicht so sehr seine intellektuelle Leistung, diese bringen auch die Untergebenen ein, sondern die Schaffung eines hervorragenden Betriebsklimas.

Meine Anwesenheit, das merkte ich jetzt, war ein Schachzug in diesem Kalkül. Yuji Takahashi, das Wunderkind der modernen japanischen Musik, sollte für einen Auftritt im Minpaku National Museum of Ethnography gewonnen werden. In den 60-er Jahren war Takahashi der international erfolgreichste japanische Konzertpianist und ein guter Freund von John Cage, dessen Werke er als erster in Japan spielte. Um einen solchen Partner zu unterhalten, musste jemand eingeladen werden, der mit der Arbeit von Cage vertraut war, und das war unter den gegebenen Umständen nur ich. Ich war zuvor gebeten worden, Videos meiner eigenen Arbeit vorzubereiten. So schauten wir „Antigone Passion" und unterhielten uns über die westliche Avantgarde der 60-er Jahre, während Professor Nomura eine leider viel zu junge Flasche Gevrey-Chambertin öffnete, die wir aus grossen Wassergläsern tranken und dazu italienischen Parmesan, französischen Roquefort und japanische getrocknete Crevetten assen. Auf den Wein, den ich gemäss meiner Rolle ausgiebig lobte (denn es war bekannt, dass mein Arbeitszentrum C.T.R.T. im Burgund lag), folgte eine Flasche billiger Whiskey, die ebenso schnell geleert wurde. Inzwischen waren zwei Journalisten dazu gestossen, ihre digitalen Kameras schussbereit auf dem Tisch, doch Fotografieren wurde mit einer unmerklichen Geste untersagt. Eine junge Japanerin, die an einer Doktorarbeit über das alltägliche Ritual des Schminkens schrieb, sass den ganzen Nachmittag still dabei, rührte weder Alkohol noch Speisen an, füllte den Männern die Gläser, leerte den Aschenbecher, schnitt den Käse mit Grazie und Eleganz, ohne ihren volllippigen Mund auch nur ein einziges Mal für eine Kostprobe ihrer geistigen Anwesenheit zu öffnen. Gegen 19 Uhr brachte uns ein Taxi in eines der zahllosen kleinen Lokale, die mit ihren hölzernen Schiebetüren und mit Schriftzeichen bedruckten Stofffahnen wie dunkle Warzen am gläsernen Körper der Ibaraki-Bahnstation klebten.

Wir setzen uns im Schneidersitz auf die Tatamimatten um einen niedrigen quadratischen Holztisch in einem Séparée. Der Gastgeber bestellte zuerst Bier und Sake, serviert mit Begrüssungshäppchen von gekochten Algen, Rettich und anderem eingelegtem Gemüse, und dann eine nicht enden wollende Reihe von Schüsseln und Schüsselchen voller Köstlichkeiten, Stücke von rohem und von eingelegtem Fisch, ganze gebratene Fische, rohe Leber, verschiedene Arten von Hühnerinnereien, Stücke von gebratenem und eingelegtem Entenfleisch und dazu gekochtes, gebratenes und eingelegtes Gemüse in den verschiedenensten Zubereitungsarten. Zusammen mit dem Wechsel der Speisen wechselte der Alkoholgehalt der Getränke, vom Bier zum warmen und dann kalten Sake unterschiedlicher Herkunft, bis schliesslich zu den Schnäpsen, den immer stärkeren Shochus.

Mit dem vierten Shochu erst beginnt Takahashi von seiner Arbeit zu sprechen. Ohne Einleitung setzte er an: „Weisst du, dass der grosse Butoh-Tänzer Kazuo Ono nie einen Preis bekommen hat in Japan? In Japan musst du Kabukispieler sein, irgendetwas Traditionelles, um einen Preis zu bekommen, um ein National Treasure zu werden. Ich selber habe nie einen Preis bekommen."

Ich frage ihn nach seiner Begegnung mit Hijikata, dem Begründer des Butoh-Tanzes in den 60-er Jahren in Tokyo. „Wir haben uns überhaupt nicht verstanden", sagt Takahashi. "Es war auf einem Symposion, wo wir beide sprachen. Ich habe kein Wort verstanden von dem, was er sagte. Nachher sassen wir in einer Bar. Nein, Hijikata hatte kein Interesse an der neuen Musik, an John Cage, an meinen Anstrengungen zu komponieren."

Ich spreche von meiner Beobachtung, dass die Theateravantgarde im Westen sehr wohl eine Beziehung zur zeitgenössischen Malerie gefunden habe, aber kaum je eine zur zeitgenössischen Musik, und nenne als Beispiele Peter Brook, Jerzy Grotowski, Eugenio Barba, das Living Theatre, das La Mama New York und Tadeusz Kantor. In Japan scheine es ein ähnliches Problem zu geben, mit Hijikata zum Beispiel, dem Genie des modernen japanischen Ausdruckstanzes und Erfinder des Butoh, ebenso wie zum Beispiel mit Tadashi Suzuki, dem international anerkannten Starrregisseur.

Ja, das sei wahr, sagt Takahashi und erwähnt wieder sein Treffen mit Hijikata. „Wir haben uns nicht verstanden, wir sprachen zwei verschiedene Sprachen. Nein, Hijikata, der die zeitgenössische westliche Literatur, vor allem Jean Genet so sehr in seinen Werken aufgenommen hat - die moderne japanische Musik hat ihn nie interessiert. Schau dir die Musik in seinen bekanntesten Stücken an - sentimentales einfaches Zeug. Dasselbe mit Suzuki!"

Ich erzähle ihm, dass ich Eugenio Barba einmal gefragt hatte, weshalb er als Regisseur in den Montagetechniken seiner Stücke so modern, in der Musik aber so konservativ und volkstümlich sei, und Barba geantwortet hatte: „Weil die Musik dafür da ist, das ganze Zeug aufzuwärmen. Die Montagetechniken sind kalt, da muss die Musik eben die Seele kneifen."

Und wir kommen auf den 93-jährigen Butoh-Miterfinder und Tänzer Kazuo Ono zu sprechen. „Ono hat nie einen Preis bekommen in Japan", wiederholt Takahashi. „Ich auch nicht. Die moderne Musik hier wird kaum wahrgenommen. Vielleicht besser so. Sieh zum Beispiel den Kyoto-Musik-preis. Alle Preisträger sind gestorben, kaum haben sie den Preis bekommen. Besser ich bekomme ihn nicht. Und jetzt ist eine konservative Zeit angebrochen in der Musik. Sieh die polnische Avantgarde. Was hatte Penderecki gemacht, und was macht heute Gorecki! Oder nimm einen Arvo Pärt. Alles Berechnung. Das Material ist bekannt. Es wird kombiniert und auf seine vorgesehene Wirkung hin montiert. Da ist kein musikalisches Denken mehr. Deshalb wende ich mich der traditionellen Musik zu, den alten japanischen Instrumenten, der Shamisen zum Beispiel, das Instrument, das am schwierigsten zu spielen ist. Seit fünfzehn Jahren lerne ich es, aber ich würde mich nicht trauen, damit auf die Bühne zu gehen. Wie kann ich moderne musikalische Ideen und traditionelle Instrumente verknüpfen? Das interessiert mich. Hier liegt eine Unbekannte. Lange haben wir geglaubt, der Weg der Moderne sei der westliche Weg. So wurde ich Pianist. Jetzt geht es darum, eine orientalische, eine japanische Moderne zu schaffen. Eine moderne Klangorganisation auf der Basis traditioneller Strukturen. Die gleiche Aufgabe, wie sie die japanische Gesellschaft vor sich hat."

Langsam tut der Shochu seine Wirkung. Meine Augen beginnen zu wandern, bleiben haften an den Bewegungen der Essstäbchen in der Hand der Frau am Nebentisch, die einen Fisch seziert, wunderlich versunken in tiefer Konzentration, da ein Häppchen Fisch, da ein wenig Rettich, da ein Eintunken in die watabi-geschärfte Soyasauce, da eine schnelle Bewegung hinauf zum Mund. Wie im Traum sehe ich ihre Hände über dem Tisch Bewegungen aus der Kampfkunst vollführen. „Einhundertundacht Künste", sagt Takashi aus dem off, „muss ein jeder meistern". Dann fügt er hinzu: „Was mich in der Musik interessiert, sind die Bewegungen der Glieder, der Finger zum Beispiel, in Beziehung zu einem festen Objekt, dem Instrument, dem Griffbrett, den Saiten etwa der Shamisen. Das Prinzip der japanischen Musik besteht darin, dass du nicht einfach die Saite an der richtigen Stelle drückst und den richtigen Ton spielst. Die Kunst besteht darin, sich dem richtigen Ton sachte zu nähern, ihn auf einem interessanten Weg zu erreichen, der ganze prozessuale Charakter. Wie etwa bei der Akupressur, wo sich der Daumen vortastet zu dem Wirkungspunkt, über dessen Tiefen er Druck ausüben will. Es sind nur Millimeter vielleicht, aber es ist ein Weg, und diesen Weg hörbar zu machen, ist die Kunst. Ganz genauso wie ein Tänzer nicht präzise mit dem Rhythmus gehen soll, sondern in kleinen Verschiebungen oder Spannungen dazu, ein bisschen zu früh, ein bisschen zu spät, so dass der Rhythmus die Leerstelle wird: das, was du spürst, indem es umspielt wird. Alles ist Weg, Andeutung, Leerstelle, Umspielen: Alles ist Prozess".

Dann, mit einem Schlag, übergangslos, brechen Alle auf. Es ist zehn Uhr vorbei, Zeit auf die letzten U-Bahnen zu hetzen. Ab elf Uhr nachts wird die Metropole Osaka zum Dorf. Ich bringe Takahashi zu Fuss zu seinem Hotel und schwanke mit schwindligem Kopf zur Unobe-Station des Monorail.

BUNRAKU

Es gibt einen Puppenspieler, von dem ich die Augen nicht lassen kann. Er heisst Kiritake Itcho. An diesem Tag, dem 11. November des Jahres Heisei 11 spielt er im Bunraku-theater in Osaka die Puppe der Prinzessin Sarashina, die in Wahrheit eine Dämonin ist. Mit einem Tanz verzaubert sie Koremochi, den grossen Krieger des Heike-Clans. Erst als der Gott des Berges ihm die Augen öffnet, so weiss die Geschichte, erkennt er ihr dämonisches Wesen und tötet sie.

Kiritake Itcho spielt seine Puppe wie in Trance. Seine Bewegungen sind die vollkommenen Bewegungen eines Tänzers, nur dass sie auf den engen Raum des Spielergrabens begrenzt sind und ihren Ausdruck erst in der Puppe finden, die wie eine farbige Verlängerung des Tänzers wirkt. Von seinem hellen Gesicht strahlt Hingabe, sein Körper bewegt sich ohne Anstrengung und jeder Impuls geht stets vom Körperzentrum aus. Dieses Zentrum liegt sichtbar da, wo der Schwerpunkt des Spielers mit dem Schwerpunkt des Puppenkörpers zusammenfällt. Wie zwei ineinander versunkene Tänzer, deren Oberkörper auseinanderstreben, nur um im Unterleib inniger zu verschmelzen, neigt sich die Puppe etwas vor, lehnt sich der Spieler leicht zurück. Beinahe scheint die Puppe dem Spieler Leben zu verleihen und nicht umgekehrt, - als würde die exquisite Harmonie seiner Bewegung, die den Eindruck von etwas Schwebendem hervorruft, ganz auf ihre magische Kraft zurückgehen. Kein Zweifel dass die Puppe lebt! Ihre eigentümliche Art den Kopf zu wenden und die Augenbrauen hochzuziehen, die laszive Eleganz ihrer Armbewegungen, die Entschlossenheit der Hände, die Grazie in der Krümmung der Finger und die verspielte Art, den Fächer durch die Luft gleiten zu lassen, - all das brennt sich der Erinnerung unverwechselbar als Persona ein.

Aber bei der Puppe der Prinzessin Sarashina, gespielt von Kiritake Itcho, geschieht noch etwas anderes. Mehr und mehr - und nur langsam gestehe ich mir die seltsame Erregung zu - wird ihr Körper Fleisch. Der rote Kimono verliert seine Stofflichkeit und wird zur Metapher des imaginären Fleisches, gibt es in jeder Bewegung des Stoffes schamlos preis. Der Spieler, leicht zurückgelehnt, die Augen halb geschlossen, das Gesicht wie an eine Melodie hingegeben, sein Körper eine Welle, die den Körper der Puppe umfliesst, hat sich vereint mit der Puppe und schwingt, realer Körper an imaginärem Körper, in der gemeinsamen Bewegung des Aktes. Die Trance des Spielers wird zu dem angehaltenen Moment der Erfüllung, der unmittelbaren wie der symbolischen Erfüllung in einer Art absoluten und seltenen Durchdringung, die für einen Augenblick die Zeit selbst anzuhalten scheint - auch die Zeit des Zuschauers, als würde dieser durch einen schmalen Schlitz in der Realität mit hinübergezogen in diesen Wirbel der Vereinigung. Im Tanz der Puppe sind Prinzessin und Dämonin eins geworden, weil der Spieler selber ihr verfallen ist, hingegeben an einen uralten Akt des Animismus und der Trance. Und die Hingabe des Spielers ist sich dieses doppelten Charakters scharf bewusst und weiss, dass das Dämonische der metaphysische Garant dieser seltenen und einzigartigen Vereinigung mit dem imaginären Körper des Anderen ist, der den eigenen Körper belebt.

Der Zuschauer, erst verführt vom Handwerk des Spielers, dann gefesselt von seiner Kunst, findet sich plötzlich gefangen und mit verzaubert in diesem magischen Spiel. Etwas in ihm ist hinübergeglitten zu dem ungleichen Paar, hat sich darin zweigeteilt und wieder vereint in einer geheimnisvollen Operation, die seine eigene Lust heraufgerufen hat aus der sprachlosen Intimität. Versunken in der Tiefe des Theaterraumes, in der Stille einer stehengebliebenen Zeit, erfährt er das Wunder der Vereinigung wie nie zuvor gesehen, sieht es auf der Bunraku-Bühne in der unschuldigen weil formvollendeten Darbietung, hat sich verloren an einen Eros, der der Schönheit verwandt ist - - - Da! plötzlich wirft die Puppenhand den goldenen Fächer hoch in die Luft, dass dieser sich dreht wie ein Sonnenrad, funkelnd im Licht der Scheinwerfer, und fängt ihn herabstürzend wieder auf, zierliche Puppenhand in der Handschuhhand des Spielers, und das Publikum applaudiert wie befreit mit heftig knallendem Klatschen diesem kleinen Kunststück, welches den magischen Bann zerreisst.

2

Wie raffiniert schreibt dieses kleine Theaterstück seine Geschichte der Realität ein, indem es dann vom Spieler verlangt, nach der lieblichen Form der Prinzessin auch ihre fratzenhaft dämonische Gestalt zu tanzen! Den Mund in Schmähungen aufgerissen, das Gesicht von wildfallenden Haarsträhnen halb verdeckt, die Augen ins Weisse verdreht, die Fratze in irrer Wut dem MannFeind entgegen gereckt, führt Kiritake der Spieler seine Puppe in ihren Kampf gegen den Helden Koremochi der, eben noch ihr Geliebter, nun aus der Verzauberung erwacht, zu ihrem Mörder werden muss. Mit schwindender Kraft schleppt sich die vom Schwert des Helden durchbohrte Dämonin den Fels hoch, umklammert die einsame Fichte auf dem Gipfel (eine reale Fichte hier im Bunraku) und sinkt mit einem letzten wilden Fluch sterbend an ihr nieder. So bezahlt Kiritake der Spieler seine animistische Vereinigung mit der Puppe dadurch dass er sie, die eben noch Teil seiner selbst war, jetzt sterben lassen, das heisst töten muss. Uraltes Märchen von der Austreibung des Bösen, ist hier die Inszenierung so ungemein wirkungsvoll, weil sie diesen Exorzismus für den Spieler wie für die Zuschauer gleichsam an deren eigenem Leib vollzieht.

Und so spielt Kiritake das Sterben der Puppe, als ginge es an sein eigenes. Die Augen geschlossen, den Atem in kleinen Spitzen hüpfend, zwingt er den Ausdruck eines unerträglichen Schmerzes in die Falten seines Gesichtes, in denen eine Träne glitzert, als führte ihm die Puppe eben die Schrecken des eigenen letzten Weges vor Gesicht. Und eine Puppe stirbt langsam im Bunraku, denn dazu wurde sie gemacht: zu zeigen, was unter der ledrigen Maske des Gesichtes vorgeht. Und so ist die Partitur der kleinen Zuckungen und winzigen ruckartigen Bewegungen so unendlich vielsagend, denn sie führt den Blick in jene dunkle, unbetretbare Zone des Seins, wo hinter der löchrigen Textur der Konvention, hinter dem Sozialen und Gelernten, die Essenz ausholt zu ihrem gewalttätigen Schrei.

3

Erschöpft und geläutert von dieser Verausgabung der Gefühle, sieht der Zuschauer ganz zuletzt den alten Mann Kiritake Itchio und sieht die fast menschengrosse Puppe mit ihren fein konstruierten Gliedern, - Augen die sich bewegen, Brauen die sich hochziehen lassen, Lippen die sich öffnen, Hände die sich drehen, Finger die an drei Scharnieren jedes Glied bewegen. Er sieht die geballte Anstrengung der Handwerkskunst, die dieser Puppe den Gestus des Menschen verleiht damit sie ihm, wenn das Unbeschreibliche eintritt, nicht nur im Leiden folgen kann sondern dem, was er erleidet, wie in einer gewaltigen Verstärkung Ausdruck zu geben vermag.

Aber ich habe die Schweisstropfen auf der Stirn des Spielers gesehen als seine Puppe litt, ich sah seinen Atem mit dem Atem der Puppe schneller gehen, ich sah seine Gesichtsmuskeln wie in uhrwerkhafter Verkleinerung die inneren Bewegungen der Puppe mitvollziehen, ganz als sei sein Leben, als sei das Leben der Menschen nur eine reduzierte, verkleinerte Form des Lebens der Puppen, als stünden die Puppen in Wahrheit auf der Seite des Lebendigen, dessen was sich ausdrücken darf, während die Spieler durch die Konvention der Gesellschaft an die Seite des Ausdruckslosen, des Todes gebunden sind. Und von gesellschaftlichen Konventionen handeln denn die Geschichten, welche die Puppen erzählen und in denen sie ihr Privileg des Ausdrucks fast immer mit dem Leben bezahlen müssen .

P.S. 1

Das Stück Momijigari (Die Ahornblätter-Rot-Werden-Sehen-Party) ist die Adaptation einer alten Legende aus der Shinano-Provinz. Das Stück wurde 1939 erstmals aufgeführt im Bunrakuza Theater in Osaka. Die Musik wurde komponiert von Tsuruzawa Juzo und die Choreographie stammt von Fujima Juemon.

P.S. 2

Bunraku ist eine in Osaka geborene Form des Puppentheaters. Die Puppen sind 80 bis 130 cm hoch. Ihre Arme, Hände und Finger, Beine und Füsse, ihr Kopf und Mund und ihre Augen und Augenbrauen sind beweglich. Jede Puppe wird von drei Spielern bewegt, die sichtbar sind. Der Meister führt den Oberkörper der Puppe und ihren rechten Arm, sein Gesicht ist frei und er trägt ein prunkvolles Gewand. Der erste Helfer bewegt den linken Arm und die linke Hand, der zweite Helfer die Füsse und das Gewand der Puppe. Die Helfer tragen schwarz und schwarze Kapuzen verdecken ihr Gesicht. Auf einem verlängerten Steg rechts von der Bühne sitzen der Rezitator, der mit allen Möglichkeiten seiner Stimmbänder die Stimmen der Puppen ausdrückt, und neben ihm der Shamisen-Musiker, der auf seinem Saiteninstrument die Erzählung begleitet und interpunktiert.

Das Bunraku Nationaltheater in Osaka (Bunraku-za) hat knapp 1000 Plätze. Die Bühne ist ca. 18 Meter breit und 5 Meter tief. In einer Bunraku-Aufführung arbeiten 30-40 Puppenspieler und 20-30 Sänger und Musiker zusammen.

DER TANZ DES NICHT-TANZES: KAZUO ONO

Die Tür ging auf, und da stand im eleganten schwarzen Anzug mit schwarz polierten Lederschuhen Kazuo Ono, dreiundneunzig Jahre alt, der grosse Tänzer des Butoh, des 'Tanzes der Finsternis'. Langsam bewegte er sich im Lichtstrahl eines einzelnen Scheinwerfers durch die schmale Gasse, welche die auf dem Boden zusammengepferchte Menschenmenge ihm offen liess. Noch unsicher, ohne die Hilfe seines üblichen Gehstocks, glitten seine Füsse langsam dem Boden entlang vorwärts. Aber als er das Zentrum des Raumes erreichte, lösten sich die glänzenden Schuhe vom Boden und begannen sich von der Ferse aus zu drehen, und drehten sich immer weiter in immer grösseren Kreisen. Und plötzlich erschien es mir, als wäre Kazuo über uns, auf einer anderen Ebene des Raumes, selbst Teil einer anderen, grösseren Bewegung, unsichtbar für uns, aber die er uns sichtbar machte, indem er ihr seinen Körper lieh, sie zu vergrössern. Sein Körper schien nicht mehr aus Fleisch zu sein, er hatte sein Gewicht und seine Dichte verloren, seine Glieder bewegten sich wie unabhängig voneinander, die Finger, Hände, Arme, der Oberkörper, die Beine, die Füsse, der Kopf, der Mund, der Hals, der Nacken. Meine Augen wanderten von Glied zu Glied, und jedes enthielt das Ganze des Körpers, aber agierte wie ein eigenständiges Wesen aus sich selbst heraus. Ich dachte an die Figur des Kannon im Sanjusangendo-Tempel in Kyoto mit seinen tausend Armen, von denen jeder sich unabhängig bewegt, und doch sind alle kontrolliert durch einen einzigen Geist und verfolgen unter dessen Führung ein gemeinsames Ziel. Onos Glieder fügten sich im Tanz nicht zu einer Gestalt, sie erschienen nur lose, sehr lose verbunden, zusammen gehalten allein durch eine Art Wind, durch ein geheimnisvolles *ch'i*, das wie eine Welle rhythmisch durch sie hindurchfloss und sie in wechselnden Formengruppen verband. Eine Hand kam zu einem abrupten Stop, während die andere wie auf Wellen schaukelnd dahintrieb. Der Stop der ersten Hand wanderte weiter ins Gesicht und tauchte plötzlich auf in den Augen als eine starre Weitung des Blickes, ein Blick, der mich im Bruchteil einer Sekunde wie ein elektrischer Schlag traf. Währenddessen wanderte das Fliessens der anderen Hand ebenfalls aufwärts, zog den Hals schlangenartig in die Länge und erschien neu, wie auf den Mund gemalt, als eine Art Zeichenfolge einer unbekannten Schrift, von der mir schien, dass sie die Geschichte der Menschheit erzählen könnte, ohne auch nur ein einziges Wort auszusprechen.

So wurde Onos Körper zu einem Nicht-Körper, zu einer Leerstelle, um die die Glieder tanzten. Und Ono schien von einer Freude erfüllt zu sein, so tief und warm, dass sie mich weinen machte, und gleichzeitig angefüllt mit einem Schmerz, der aufzusteigen schien aus einem tonlosen Gespräch, das Ono mit einem Gegenüber führte, unsichtbar für uns und unbekannt. Aber plötzlich schien mir, als falle eine Böe von eisigem Wind in den Raum, und ich hörte Geräusche wie von Knochen, die gegeneinander schlagen. Kazuo Ono führte vor meinen Augen einen Disput mit dem Tod, dessen unaussprechliche Wahrheit er uns weitergab durch fremde Gesten, welche Gestalt annahmen in seinem Fleisch. Zum ersten Mal erlebte ich, was Antonin Artaud einst schrieb, dass nämlich Schauspieler seien "wie Verurteilte, die man verbrennt und die von ihrem Scheiterhaufen herab Zeichen machen." Und wenn ich auf Fotos im Gesicht des alten Artaud Zuckungen sah wie unter der Sonne der

Folter: Im Gesicht von Ono sahen wir Zuschauer, wie Entzücken und Liebe die dunkle Farbe der Qual hell erleuchteten.

Ono hatte seinen Tanz in einem eleganten schwarzen Anzug begonnen, aber jetzt ergriff er einen gewaltig ausladenden Seidenhut von einer merkwürdig violett-rötlichen Farbe, von dem verstaubte künstliche Blumen herunterhingen wie rostfarbene Vergangenheiten einer uralten Frau. Diese Frau packte den trostlosen Hut mit den Zähnen und hielt ihn im Mund, während sie sich zur Musik eines untergegangenen Kaiserreichs in wildem Walzerschritt drehte.

Dann riss Ono sich die alte Frau vom Leib. Seine dünnen Beine bedeckte jetzt nur noch eine lange weisse Unterhose aus einer Anstalt für Irre, die unter den Knien abgeschnitten war. Darüber ging die ausgewaschene Farbe eines dünnen Leibchens über in die bleiche Farbe seiner alten Haut, die nur lose drapiert schien um ausgemergelte Knochen. Und während die alte Frau mit Hut uns noch in einer Art schwesterlich-warmer Umarmung gehalten hatte, wie sie im billigsten Quartier von Osaka das Taishu-Engei-Gekijo-Theater mit seinen kruden erotischen Tröstungen der Familie der Heimatlosen und der Trinker schenkt, so wirkte der Tanz dieses unheimlichen Greises in den Stofffetzen der Asyle wie ein Schnitt ins eigene Fleisch, unvorstellbar grässlich und zur gleichen Zeit jenseits aller Kriterien von Aesthetik oder Geschmack. Aber dieser einschneidende Tanz strömte mit dem Schmerz gleichzeitig einen Geist von Freiheit aus, wie ich ihn seit einem Auftritt von Jim Morrison auf keiner Bühne mehr empfunden hatte. Alle Grenzen von gut und schlecht, von schön und hässlich, von zart und roh waren durchbrochen. Onos Tanz der Nacktheit alten Fleisches brachte plötzlich und überraschend ihr Gegenteil zum

Ausdruck, nämlich den Mut und die Hingabe des Samurai, der in den letzten, den tödlichen Kampf geht. In einer Gesellschaft, in der Konformität als Wert so hoch gestellt ist, hatte der Tanz des alten Kazuo Ono etwas an sich, das an Kraft und Strenge vergleichbar war mit einem jungen Krieger.

Am Schluss stand Ono in einem Regen von Blumen, welche die Zuschauer wie berauscht auf ihn niederströmen liessen. Da warf sich der dreiundneunzigjährige Mann in einem plötzlichen Ausbruch von lustvoller Narretei auf den Boden und rollte mit und in den Blumen hin und her quer durch den leeren Raum: ein Tänzer, der gerade das höchste Ziel seiner Kunst realisierte, den Tanz des Nicht-Tanzes.

BLINDE VISION 2

Meine letzter Arbeitsmonat war angebrochen. Ich kam wie üblich um neun Uhr ins Museum, aber an diesem Morgen riefen mir die Angestellten schon an der Türe zu: „Eine Ainu-Zeremonie! Eine echte Ainu-Zeremonie!" So stürmte ich hinter ihnen die breite Marmortreppe hinauf. Da stand in der grossen Halle des Museums ein komplettes Haus der Ureinwohner Japans aufgebaut, und darin sass eine sechsköpfige Ainu-Familie, und darum herum vom Museumsdirektor abwärts die ganze Belegschaft des Museums. Und der Ainu-Mann hat dann eine Zeremonie durchgeführt, vor allem mit Sake, der erst verspritzt und dann getrunken wurde, und dazu brannte ein echtes Feuer, und die zwei Ainu-Mädchen haben dauernd gelacht, und Monsieur Cissé, mein afrikanischer Kollege, hat sich viele Notizen gemacht, und Robert Garfias der beleibte Professor aus Amerika, sass unbequem und machte ein mürrisches Gesicht. Und alle hatten sie Fotoapparate, so dass jeder die Apparate der Anderen fotografierte, und der Ainu-Mann hatte am Hemdkragen ein angestecktes Mikrophon, und jedes Räuspern wurde laut in den Gang übertragen, und er hat sich oft und heftig geräuspert. Und neben dem Ainu-Haus stand ein Mischpult, wo die Tontechnik am Werk war, und links und rechts die Kameras des Museums, und ich stand bei den Office Ladies draussen, die nicht mehr ins Ainu-Haus hinein durften, aber das Haus war auf einer Seite offen wie eine Theaterbühne, und so sah ich das allermerkwürdigste Spektakel, weil der Ainumann in seiner Verkleidung mir genauso modern erschien wie die Mitarbeiter vom Museum, während die Professoren aus dem Westen im Schneidersitz auf der Bühne für mich das eigentlich Fremde und Malerische und Theatralische abgaben, und das auch für die Office-Ladies, wie ich an ihrem Kichern feststellen konnte. Und dann interviewte einer vom Museum den Ainu-Mann, und ich ging hinauf in mein Büro mit einem malefiziösen Lächeln, das ich den ganzen Tag nicht von den Lippen brachte.

Die letzten Tage sind angebrochen. Ein kalter Wind vom chinesischen Festland rüttelt an den schlecht schliessenden Fenstern. Die Zimmer sind feucht und kalt, und ich dränge mich an den rotglühenden Gasofen. Die letzten Tage in Japan entwickeln sich zu einem verzweifelten Rennen gegen die Uhr, um einen Ueberblick über die Eindrücke der vergangenen Monate zu finden. Jede Bewegung fordert zuviel Zeit jetzt, und so sitze ich in zwei Decken eingehüllt reglos vor dem Telebi und verbringe die Tage damit, von Sender zu Sender zu springen und die Aufnahmetaste des Recorders zu drücken. Dieselben TV-Programme, die ich vor einem Jahr mit Verachtung bedachte, bringen mir jetzt Japan im Format einer Briefmarke ins Zimmer. Bewegungslos verharre ich vor diesem flimmernden farbigen Viereck, und das ist jetzt mein Japan.

Verlassen wir Japan mit dem Bild der blutjungen Mädchen an ihren Treffpunkten auf den nächtlichen Plätzen Osakas: platinblond gefärbte Haare, knallbunte Bühnenschminke im Gesicht, silberne oder goldene Plastikstiefel mit phantastisch hohen Absätzen, die ihre gebrauchten Slips den Salarimen zum Kauf anbieten: Mit ihrem Life-Style des 'Nie-mehr-nach-Hause-Gehens' schreien sie es laut heraus: „Nein! Wir machen nicht mehr mit! Wir wollen alles anders!" Und die Mächtigen in Japan, getragen von einer allgegenwärtigen Bürokratie und eisernen Verpflichtungsstrukturen, und trotz sogenannter Demokratie nicht weniger autokratisch regierend als ihre Partner in Bejing: Unerbittlich spielen sie ihre Rolle im alten japanischen Ritual, steigen auf den Hügel und starren mit weitaufgerissenen Augen nach Westen, um die bösen Dämonen zu vertreiben. Nur dass diese neuen Dämonen nicht an die Bannkraft des Blickes glauben.

Ich rase im Shinkansen mit 300 Stundenkilometern durch die japanische Nacht von Osaka nach Tokyo, Narita Airport. Es schneit, und die beschlagenen Fenster spiegeln das von blassem Neon erleuchtete Abteil. Im Cockpit an der Zugspitze sitzt der Lokführer, aber blind von Nacht und Schnee und Geschwindigkeit gleicht er eher einem an die Spitze eines Pfeiles gebundenem Opfer, das die Reisenden magisch beruhigen soll. Ein elektronisches Gehirn hat die Kontrolle übernommen. Alle 14 Minuten schnellt ein Hochgeschwindigkeitszug von Hakata im Süden über Osaka nach Tokyo im Norden, und im Gefühl, dass das bewundernswert sei, komme ich mir alt vor.